MW01114193

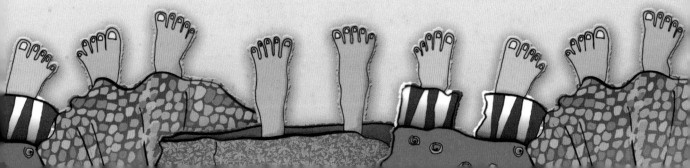

¡Cuántas Cuentas en un Cuento!

nicanitasantiago
LIBROS PARA CHICOS · BOOKS FOR CHILDREN

© Hardenville S.A.
Sarmiento 2428 bis. · Of. 501
C.P. 11200 · Montevideo, Uruguay

ISBN 84-96448-13-4

Impreso en China · Printed in China.

¡Cuántas cuentas en un cuento!

Textos

Loti Scagliotti

Ilustraciones

Loti Scagliotti
Ale González

Diseño

www.janttiortiz.com

Cuentan que una maestra cuentas contaba
y en el pizarrón con tiza anotaba:
"Cuatro más cuatro son ocho",
y mientras contaba, comía un bizcocho.

Los alumnos no la oyeron.
-¿Qué ha dicho? ¿Ha dicho ocho?
-¿O la maestra habrá mentido como Pinocho?

Pero la nariz no le creció.
Por eso, casi, casi estoy seguro
de que la maestra no mintió.

Ante tanta confusión,
hasta un número se perdió,
justo, justo en el momento en
que la maestra se atragantó.

Tal vez tú nos puedas ayudar
y así todos, todos juntos
ese número encontrar.

¡Contemos juntos!

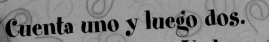

Cuenta uno y luego dos.
Y al dos le sigue el tres.

No hagas teatro con el cuatro y cuenta cinco
así contigo ya son cinco
los que cuentan hasta cinco.

Siempre el siete se entremete, luego el ocho,
y ahora al nueve
¿quién lo mueve de este cuento que te cuento
mientras cuentas hasta diez?

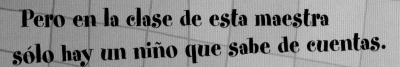

Pero en la clase de esta maestra
sólo hay un niño que sabe de cuentas.
Los otros no cuentan, no saben contar.

Por eso ella les pide que den seis saltos cada uno
y que a los saltos los cuenten uno en uno.
Uno, dos, tres, cuatro, cinco...

¡Uy! Se cayó Pinco en el último brinco
y sólo pudo contar hasta cinco.

Como son cinco los dedos que en tu mano hay
y cinco los días para trabajar.

Contando y saltando pudo Miguel
contar desde el uno hasta el número seis:
uno, dos, tres, cuatro, cinco y seis.

No sólo Miguel al seis pudo llegar,
ahora ya todos saben contar.
Uno, dos, tres, cuatro, cinco y seis.

Sin embargo,
la maestra estaba desesperada
porque el tiempo se acababa

y los niños sólo cuentan cuando
cuentan hasta seis,
pero este cuento no termina
si no cuentan hasta diez.

En su desesperación, la maestra,
los zapatos se quitó.

¡Uy! ¡Qué olor!
Pero eso no ha sido lo peor.

Lo peor es que los niños
la han querido imitar,
y los zapatos y las medias se han quitado sin dudar.
¿Cuántos dedos allí hay?
¿Cuántos vamos a contar?

El pie izquierdo tiene cinco:
uno, dos, tres, cuatro, cinco.

Si seguimos con el seis,
tendremos que cambiar de pie.

Seis, siete, ocho, nueve y diez.

Este cuento ya termina
porque todos cuentan
hasta diez

y me cuentan
que tú también cuentas
con la ayuda de los pies.

Y si hasta el diez
ya has contado
este cuento se ha acabado.

REALIZADO CON EL MÁXIMO DESEO DE QUE AL LEER ESTE CUENTO
EL NIÑO QUE TIENES A TU LADO HAYA VIVIDO UN MOMENTO DE AMOR.